LJUSETS LAND
THE LAND OF LIGHT

En gåva från
A gift from
Eine gabe von

Sunderby 8K
and

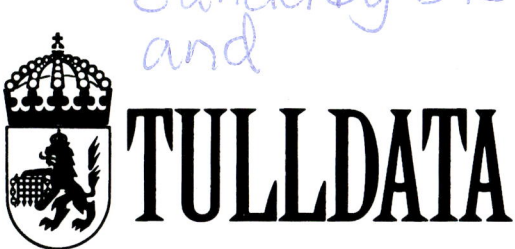

TULLDATA

Av Ola Jönsson har tidigare utkommit:
1984   Kalixbor
1986   Norrbottningar
1988   Norrbottensbilder, färg
1988   Livet i Kalix
1989   Glimtar från Norrbotten, färg
1990   Bilden av ett samhälle (Råneå)
1990   Skärgård i norr, färg
1991   Förr och nu, Kalix 1981–1991
1991   Svenska Bilder, färg
1992   Kalix, färg
1992   Piteå, färg
1993   Boden, färg
1993   Mitt Norrbotten, färg
1995   Skärgård
1996   Lulebor
1997   Kalix

Foto/copyright:
Familjen Ola Jönsson

Tryck:
ReklamCity Piteå 1998

Foto sid 10:
Tomas Jönsson

ISBN 91 971836-9

Foto: Göran Dahlin/Filmrullen

Förord

Norrbottens län med sina 261.000 invånare upptar en fjärdedel av Sveriges yta i landets nordligaste del. Landskapet är rikt varierat från den sagolika skärgården med sina 240 öar i söder till den hissnande fjällvärlden i norr.

Länets basnäringar är skogen, malmen och vattenkraften som är väl utbyggda liksom kommunikationerna med bland annat flyget, vilket gör att man kan nå länet på en timme från Stockholm.

Foreword

The county of Norrbotten with its 261,000 inhabitants lies in northernmost Sweden and accounts for a quarter of country´s surface area.

The countryside is richly varied, from the fabulous 240 islands of the archipelago in the south to the grandeur of the mountains in the north.

The county´s main industries are forestry, mining and hydro-electric power. These are well-developed, as are the transport facilities.

Air links, for exampele, make it possible to reach Norrbotten in an hour from Stockholm.

Vorwort

Die Provinz Norrbotten im nördlichsten Teil des Landes nimmt mit 261 000

Einwohnern ein Viertel der Fläche Schwedens ein. Ihre Landschaft ist mannigfaltig – von dem märchenhaften Archipel mit seinen 240 Inseln im Süden bis zu den schwindligen Gebirgshöhen im Norden.

Die Haupterwerbszweige gründen sich auf die Naturschätze Wald, Erze und Wasserkraft und sind gut entwickelt. Ebenso gut ist das Verkehrsnetz, u.a. auch der Binnenflug, ausgebaut, so daß man Norrbotten in einer Stunde von Stockholm aus erreichen kann.

Ola Jönsson

Nytt år
New Year

VINTER
WINTER

Januarihimmel
January sky

Skoterspår över vidderna
Snowmobile tracks in open landscape

Snörik vinter
Snowy winter

Isskulptur i parken, Luleå
Ice sculpture in the park of Luleå

Vinterljus i ladugården
Winter light in the cowshed

9

Vinterfiskar
Winter fish

Första solstrålarna
First sunbeams

11

Februarisol över ladrike
February sunshine over the realm of barns

Renskiljning, Gunnarsbyn
Sorting of reindeer, Gunnarsbyn

Europavägen, E 4:a
E-4 Europe road N:o 4

VÅR
SPRING

Öppet vatten
Open water

15

Vårens blommor
Spring flowers

Full fart i bäcken
Full speed in the brook

Första blommorna
First flowers

Björkskog
Birch land

Blommande prästkragar
Ox-eye daisies in flower

SOMMAR
SUMMER

Sommaräng
Summer meadow

Kyrkan, Nikkaluokta
The church, Nikkaluokta

Järnvägsmuseet, Karlsvik
Railway museum, Karlsvik

Efter båten
Behind the boat

Blommande hägg
Bird-cherry tree in blossom

Fiskande pojkar, Råneå
Fishing boys, Råneå

Cykelutflykt
Sunset bicycle ride

Skulpturer, Svanstein
Wooden sculptures, Svanstein

Aktse, Rapadalen (Laponia-Världsarv)
Aktse Mountain, The Rapa valley, (part of the National Park of Laponia in the World Heritage list)

Vietas, Laponia
Vietas in Laponia

Kiruna kyrka
The church of Kiruna

Stadshuset, Luleå
The Town Hall, Luleå

Vid havsstranden
At the sea shore

Sol och regn
Rain in sunshine

Uppe i skyn
Up in the sky

Bilskroten
Carjunk

Kyrkbyn och kyrkan, Gammelstad. (Världsarv)
The church and the church village, Gammelstad, World Heritage List

Blommande mjölkört
Flowering rose bay herb

Grinden
The gate

Flugfiske i sommarnatten
Fly-fishing in summer night

På havets botten
On the bottom of the sea

42

Vid havsstranden
At the sea-shore

44

Midnattssol över havet kl 22.30, Kusen, Kalix, 3:e juli
Midnight sun at sea. Archipelago of Kalix, July 3

Båtskrovet
Old boat-hull

46

Hölada
Hay-barn

Sommarkväll på havet
Summer night at sea

Vingar i midnattssol
Wings in midnight sun

Sommarmorgon vid båtbryggan, Brändöskär
Summer morning at the jetty, Brändöskär

Havsbad. Klubbviken, Luleå
Seaside resort. Klubbviken, Luleå

Blommor på hällan
Flowers on the rock

Månsken över havet
Moonlight over the sea

På varvet
In the shipyard

Fiske i julikvällen
Fishing in July night

Stilla hav
Calm sea

Fiske i julikvällen
At the seaside

Ödegård, Harads
Desert farm, Harads

Spegling
Reflexion

Kvällssol över havet
Evening sun over the sea

Insjön
The lake

Sensommarkväll
Evening in late summer

63

Solstrimma
Streak of sunshine

Kalix älv med kyrkan
The church of Kalix by the Kalix river

I strandkanten
Waterside

Solen kommer
The sun breaks through

Stenen
The disappearing boulder

Vid älvstranden
On the river bank

Fiskare vid älven
The fisherman by the river

Idyll, Strömsund
Idyllic stillness, Strömsund

På sandstranden
Water tracks

Kvällsrodnad
Sunset glow

Vattenspegling
Reflection

74

Pärlemormoln
Nacreous cloud

Augustikväll i skärgården
August evening in the archipelago

Vid insjön
By the lake

Sveriges flagga
Swedish streamer

Norra hamnen, Luleå
The North Harbour of Luleå

Molnformationer över havet
Cloud-formations over the sea

Tjärnen
The tarn

82

Kvällsljus i porten
Evening light in the gateway

Gräsformation
Grass formation

84

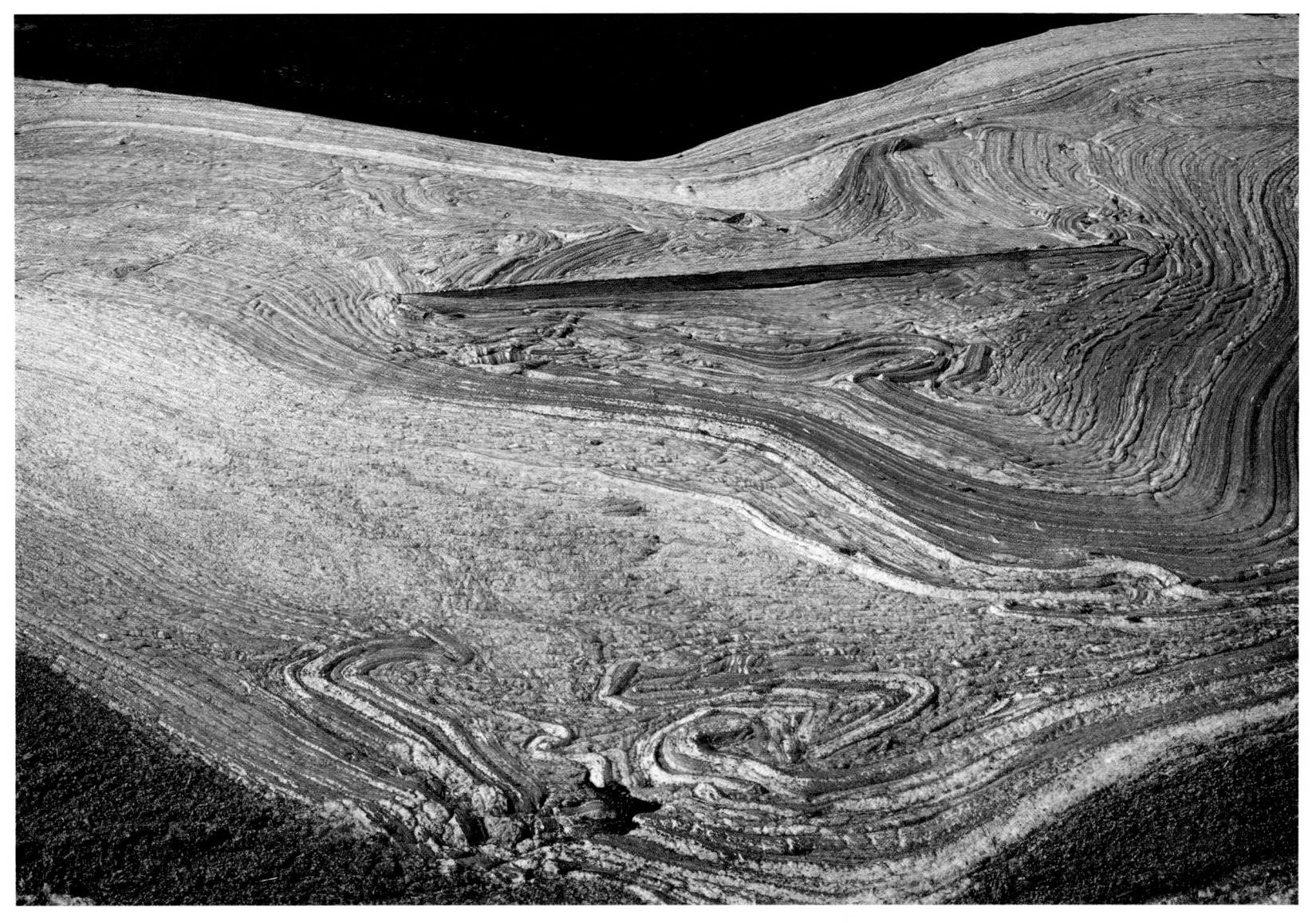

Skummande vatten
Foaming water

Collage
Collage

Septemberljus över havet
Septemberlight by the sea

Storforsen, Pite älv. Europas största vattenfall
Storforsen – Big rapid, the Pite river. The biggest waterfall of Europe

Brinnande himmel
Burning sky

89

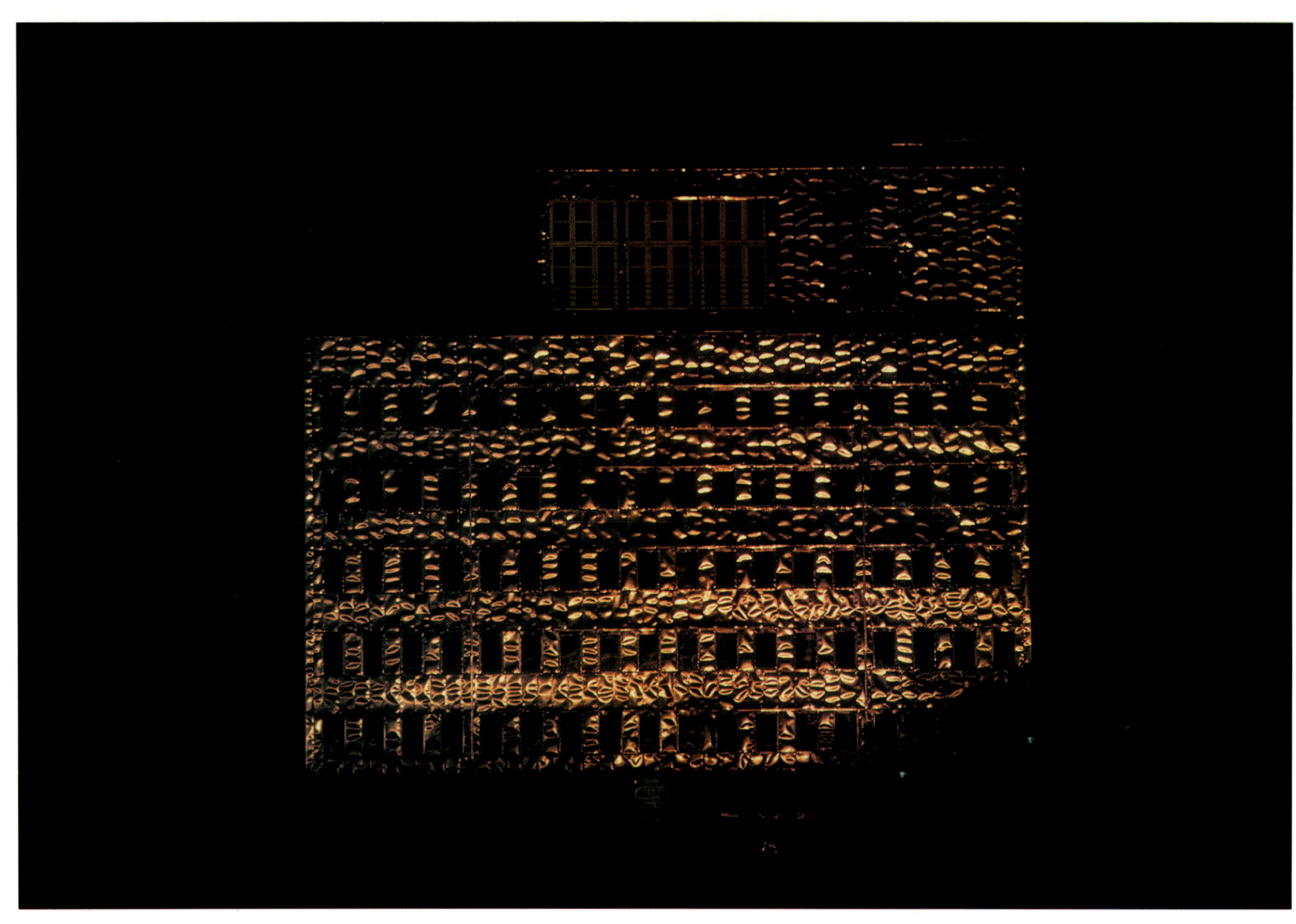

Morgonsol på husväggen. Aurorum, Luleå
Morning glow on the wall. Aurorum, Luleå

90

Höstkväll i hamnen. Luleå
Autumn night in the harbour. Luleå

Ljusspel
Gleam of light

Fiskaren
The (lonely) fisherman

93

HÖST
AUTUMN

Asplöv
Aspen leaf

94

Natt i Luleå
Luleå by night

Sista grönskan
Latest greenery

Bildelar
Car parts

Innan vintern
Late autumn

Frusen mark
Frozen ground

Isläggning
Freeze-up

100

Sista solstrålarna
Last gleam of sun

101

Is i bäcken
Ice in the stream

Spegling i isen
Ice reflection

Under isen
Under the ice

Första snön
First snow

Spår i snön
Tracks in snow

Trafikljus
Traffic lights

Snart vinter
Soon winter

Svag vintersol över Bottenviken. 19 december, Erikören, Kalix
Midwinter sun on icy waters

Juletid på Hägnan, Luleå
Christmas time at Hägnan, Luleå

Julgran
Christmas tree

111